推句集

추구집
따라쓰기

손으로 쓰면서 마음에 새기는 인생 교과서

推句集

추구집
따라쓰기

시사정보연구원 편저

시사패스
SISAPASS.COM

손으로 쓰면서 마음에 새기는 인생 교과서

推句集 추구집 따라쓰기

초판 발행   2021년 5월 7일

편저자   시사정보연구원
발행인   권윤삼
발행처   도서출판 산수야

등록번호   제1-1515호
주소   서울시 마포구 월드컵로 165-4
우편번호   03962
전화   02-332-9655
팩스   02-335-0674

ISBN 978-89-8097-536-5   13810

시인·명사들이 애송했던 한시 구절을 가려 뽑은 인생 교과서
『추구집』

"一日不讀書 口中生荊棘"

하루라도 글을 읽지 않으면 입안에 가시가 돋는다

안중근 의사가 뤼순 감옥에서 붓글씨로 쓴 유묵 중에 이 글귀가 있다. 하지만 추구집에 이 글이 들어 있다는 것을 아는 이는 많지 않다.

『추구집』은 옛날 시인들이 쓴 유명한 시 가운데서 학생들이 본받을 만한 좋은 구절만을 뽑아놓은 작자 미상의 책이다. 추구(抽句)란 '유명한 글의 구절을 뽑았다'는 뜻으로 추구집에 나오는 오언절구의 시들은 유명한 시인 묵객들이 애송하던 빼어난 구절로 가득하다.

초학자들이 공부한 천자문은 주로 한자를 익히는데 이용되고, 사자소학은 인간의 윤리도덕을 강조한 반면, 추구는 좋은 시구(詩句)를 익힘으

로써 어린 학동들의 정서 함양과 사고력 발달 및 시부(詩賦)의 이해와 문
장력 향상에 그 목적이 있었다.

속담과 해학, 풍자, 명언 등을 오언시로 정리한 『추구집』은 삼라만상과
더불어 일상생활에 스며들어 있는 선조들의 슬기와 지혜를 배울 수 있으
며, 대자연의 아름다움과 계절의 변화에 인간의 삶을 빗대어 노래하고 있
기 때문에 관찰력을 높일 수 있다. 덤으로 이 책을 읽고 따라쓰는 독자라
면 유명하고 널리 알려진 한시를 낭송하면서 마음에 깊이 새기는 시간 또
한 만끽할 수 있다.

손은 우리의 뇌와 밀접하게 연결되어 있다. 손으로 글씨를 쓰면 뇌를 자
극하여 뇌 발달과 뇌 건강에 도움을 준다는 연구결과가 증명하듯 손글씨
는 어린이와 어른을 아울러 주목받고 있는 분야이기도 하다. 글씨는 자신
을 드러내는 거울이며 향기라고 성현들이 말했듯이 정성을 들여서 자신
만의 필체를 갖도록 노력하는 것도 좋을 것이다.

『추구집 따라쓰기』는 천지자연에 관한 것을 먼저 싣고, 인간에 관한 것

과 일상생활에서 항상 접하는 것을 설명한 후 학문을 권하는 내용을 강조한 권학 순으로 구성되어 있다. 주옥같은 명시들을 손으로 쓰면서 마음에 새길 수 있도록 구성했으니 독자 개개인이 이 책의 특징을 최대한 활용하기를 바란다.

畵虎難畵骨 知人未知心

호랑이를 그려도 뼈는 그리기 어렵고
사람을 알아도 마음은 알 수 없다네.

★ 한자의 형성 원리

1. 상형문자(象形文字) : 사물의 모양과 형태를 본뜬 글자

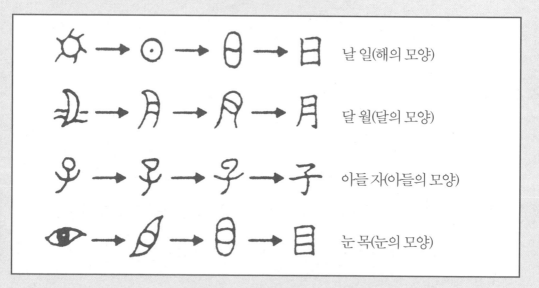

2. 지사문자(指事文字) : 사물의 모양으로 나타낼 수 없는 뜻을 점이나 선 또는
부호로 나타낸 글자

3. **회의문자**(會意文字) : 이미 만들어진 글자를 2개 이상 합한 글자

人(사람 인) + 言(말씀 언) = 信(믿을 신) : 사람의 말은 믿는다.

田(밭 전) + 力(힘 력) = 男 (사내 남) : 밭에서 힘써 일하는 사람.

日 (날 일) + 月 (달 월) = 明(밝을 명) : 해와 달이 밝다.

人(사람 인) + 木(나무 목) = 休(쉴 휴) : 사람이 나무 아래서 쉬다.

4. **형성문자**(形聲文字) : 뜻을 나타내는 부분과 음을 나타내는 부분을 합한 글자

口(큰입 구) + 未(아닐 미) = 味(맛볼 미)　　左意右音 좌의우음

工(장인 공) + 力(힘 력) = 功(공 공)　　　右意左音 우의좌음

田(밭 전) + 介(끼일 개) = 界(지경 계)　　上意下音 상의하음

相(서로 상) + 心(마음 심) = 想(생각 상)　　下意上音 하의상음

口(큰입 구) + 古(옛 고) = 固(굳을 고)　　　外意內音 외의내음

門(문 문) + 口(입 구) = 問(물을 문)　　　內意外音 내의외음

5. **전주문자**(轉注文字) : 있는 글자에 그 소리와 뜻을 다르게 굴리고(轉)

끌어내어(注) 만든 글자

樂(풍류 악) → (즐길 락 · 좋아할 요)　　예) 音樂(음악), 娛樂(오락)

惡(악할 악) → (미워할 오)　　　　　　예) 善惡(선악), 憎惡(증오)

長(긴 장) → (어른 · 우두머리 장)　　　예) 長短(장단), 課長(과장)

6. **가차문자**(假借文字) : 본 뜻과 관계없이 음만 빌어 쓰는 글자를 말하며 한자의 조사,

동물의 울음소리, 외래어를 한자로 표기할 때 쓰인다.

東天紅(동천홍) → 닭의 울음소리

然(그럴 연) → 그러나(한자의 조사)

亞米利加(아미리가) → America(아메리카)

可口可樂(가구가락) → Cocacola(코카콜라)

弗(불) → $(달러, 글자 모양이 유사함)

伊太利(이태리) → Italy(이탈리아)

亞細亞(아세아) → Asia(아세아)

★ 한자 쓰기의 기본 원칙

1. 위에서 아래로 쓴다.
   言(말씀 언) → 丶 二 亖 言 言 言 言
   雲(구름 운) → 一 广 戶 币 兩 雨 雷 雷 雲 雲 雲

2. 왼쪽에서 오른쪽으로 쓴다.
   江(강 강) → 丶 丶 氵 氵 汀 江 江
   例(법식 예) → 丿 亻 伫 仴 佰 佰 例 例

3. 가로획과 세로획이 겹칠 때는 가로획을 먼저 쓴다.
   用(쓸 용) → 丿 几 月 月 用
   共(함께 공) → 一 十 世 共 共 共

4. 삐침과 파임이 만날 때는 삐침을 먼저 쓴다.
   人(사람 인) → 丿 人
   文(글월 문) → 丶 二 亠 文

5. 좌우가 대칭될 때에는 가운데를 먼저 쓴다.
   小(작을 소) → 亅 小 小
   承(받들 승) → 了 了 孑 手 承 承 承

6. 둘러 싼 모양으로 된 자는 바깥쪽을 먼저 쓴다.
   同(같을 동) → 丨 冂 冂 同 同 同
   病(병날 병) → 丶 亠 广 广 疒 疒 疒 病 病 病

7. 글자를 가로지르는 가로획은 나중에 긋는다.
   女(여자 녀) → 乄 乆 女
   母(어미 모) → 乄 乜 ⺟ ⺟ 母

8. 글자 전체를 꿰뚫는 세로획은 나중에 쓴다.
   車(수레 거) → 一 ⼕ 冂 百 亘 車 車
   事(일 사) → 一 ⺄ ⼕ 冂 写 写 写 事

9. 책받침(辶, 廴)은 나중에 쓴다

　近(원근 근) → ´ ⺁ ⺁ ⺁ ⺁ 近 近 近

　建(세울 건) → ⴈ ⴈⴈ ⴈⴈ ⴈⴈ ⴈⴈ 聿 津 津 建

10. 오른쪽 위에 점이 있는 글자는 그 점을 나중에 찍는다.

　犬(개 견) → 一 ナ 大 犬

　成(이룰 성) → ﾉ ⺁ ⺁ 万 成 成 成

■ 한자의 기본 점(點)과 획(劃)

　(1) 점

　　① 「 ノ 」: 왼점　　　　　② 「 丶 」: 오른점

　　③ 「 ⅴ 」: 오른 치킴　　　④ 「 ⟋ 」: 오른점 삐침

　(2) 직선

　　⑤ 「 一 」: 가로긋기　　　⑥ 「 丨 」: 내리긋기

　　⑦ 「 ㇖ 」: 평갈고리　　　⑧ 「 亅 」: 왼 갈고리

　　⑨ 「 ✓ 」: 오른 갈고리

　(3) 곡선

　　⑩ 「 ノ 」: 삐침　　　　　⑪ 「 ✓ 」: 치킴

　　⑫ 「 乀 」: 파임　　　　　⑬ 「 辶 」: 받침

　　⑭ 「 丿 」: 굽은 갈고리　　⑮ 「 乀 」: 지게다리

　　⑯ 「 ⟍ 」: 누운 지게다리　⑰ 「 乚 」: 새가슴

★ 부수의 짜임

1. 뜻 : 部(부)의 대표문자를 部首(부수)라 한다.

즉, 부수는 주로 漢字(한자)의 뜻과 소리를 나타낸다.

부수에 해당하는 한자가 다른 글자 속에 포함될 때는 글자의 모양이 변한다.

예)「水」가 왼쪽에 붙을 때는 「氵」(삼수변)

「刀」가 오른쪽에 붙을 때는 「刂」(칼도방)

2. 위치

(1) 邊(변) : 부수가 글자의 왼쪽에 있어요.

예 女(여자 녀) → 姉(누이 자)　　妹(누이 매)

車(수레 거) → 轉(구를 전)　　輪(바퀴 륜)

(2) 傍, 旁(방) : 부수가 글자의 오른쪽에 있어요.

예 彡(터럭 삼) → 形(형상 형)　　彩(무늬 채)

隹(새 추) → 雜(섞일 잡)　　難(어지러울 난)

(3) 頭(두 : 머리) : 부수가 글자의 위에 있어요.

예 宀(갓머리) → 安(편안할 안)　　定(정할 정)

竹(대죽머리) → 筆(붓 필)　　策(꾀 책)

(4) 脚(각 : 발) : 부수가 글자의 밑에 있어요.

예 灬(불화) → 照(비칠 조)　　熱(더울 열)

皿(그릇명밑) → 盛(성할 성)　　監(살필 감)

(5) 繞(요 : 받침) : 부수가 글자의 변과 발을 싸고 있어요.

예 走(달아날 주) → 起(일어날 기)　　越(넘을 월)

辶(책받침) → 近(가까울 근)　　進(나갈 진)

(6) 垂(수 : 엄호) : 부수가 글자의 위와 왼쪽을 싸고 있어요.

예 厂(민엄 호) → 原(근본 원)　　厚(후할 후)

广(엄 호) → 床(침상 상)　　度(법도 도)

(7) 構(구 : 몸) : 부수가 글자를 에워싸고 있어요.

  예 囗(큰입구몸) → 國(나라 국) 園(동산 원)

    門(문문) → 閑(한가할 한) 間(사이 간)

(8) 제부수 : 글자 자체가 부수자인 것을 말해요.

  예 一(한 일), 入(들 입), 色(빛 색), 面(낯 면)

    高(높을 고), 麥(보리 맥), 鼓(북 고), 龍(용 용)

(9) 위치가 다양한 부수를 살펴봐요.

 心(심) : 左(왼쪽에 위치) ― 性(성품 성)

    中(가운데 위치) ― 愛(사랑 애) 憂(근심 우)

    下(아래 위치) ― 思(생각 사) 忠(충성 충)

 口(구) : 左(왼쪽에 위치) ― 呼(부를 호) 味(맛 미)

    內(안쪽에 위치) ― 同(한가지 동) 句(구절 구)

    上(위쪽에 위치) ― 品(물건 품) 單(홑 단)

    中(가운데 위치) ― 哀(슬플 애) 喪(죽을 상)

※ 변형부수 : 亻, 忄, 阝, 月, 艹, 灬, 礻, 辶, 韋, 畐, 辶, 瓀, 氵, 湝, 巛, 魋, 歺, 爫, 齧 등

3. 주요한 부수

(1) 人(인 : 사람과 관계가 있어요.) …… 位 · 休 · 信 · 佛 · 令

(2) 刀(도 : 칼붙이 · 베다와 관계가 있어요.) …… 刊 · 別 · 分 · 切 · 初

(3) 口(구 : 입다 · 먹다 · 마시다와 관계가 있어요.) …… 味 · 吸 · 唱 · 可 · 合

(4) 土(토 : 흙 · 지형과 관계가 있어요.) …… 地 · 場 · 型 · 基 · 垂

(5) 心(심 : 사람의 마음과 관계가 있어요.) …… 性 · 快 · 情 · 志 · 愛

(6) 手(수 : 손으로 하는 일과 관계가 있어요.) …… 打 · 投 · 持 · 承 · 才

(7) 水(수 : 물 · 강 · 액체와 관계가 있어요.) …… 河 · 池 · 永 · 泉 · 漢

(8) 火(화 : 불 · 빛 · 열과 관계가 있어요.) …… 燒 · 燈 · 燃 · 照 · 熱

(9) 糸(사 : 실 · 천과 관계가 있어요.) …… 紙 · 細 · 絹 · 系 · 素

(10) 艸(초 : 식물과 관계가 있어요.) …… 花 · 草 · 葉

(11) 雨(우 : 기상과 관계가 있어요.) …… 雲 · 雪 · 電 · 震 · 霜

天高日月明
천 고 일 월 명

地厚草木生
지 후 초 목 생

月出天開眼
월 출 천 개 안

山高地擧頭
산 고 지 거 두

하늘이 높으니 해와 달이 밝고
땅이 두터우니 풀과 나무가 자라네.
달이 나오니 하늘은 눈을 뜬 것 같고
산이 높으니 땅은 머리를 든 것 같네.

天	高	日	月	明	地	厚	草	木	生
하늘 천	높을 고	날 일	달 월	밝을 명	땅 지	두터울 후	풀 초	나무 목	날 생

月	出	天	開	眼	山	高	地	擧	頭
달 월	날 출	하늘 천	열 개	눈 안	메 산	높을 고	땅 지	들 거	머리 두

추구 따라쓰기

14

東西幾萬里
동 서 기 만 리

南北不能尺
남 북 불 능 척

天傾西北邊
천 경 서 북 변

地卑東南界
지 비 동 남 계

동서는 몇 만 리인가?
남북은 자로 잴 수 없네.
하늘은 서북쪽으로 기울어져 있고
땅은 동남쪽으로 경계가 낮네.

東	西	幾	萬	里	南	北	不	能	尺
동녘 동	서녘 서	몇 기	일만 만	마을 리	남녘 남	북녘 북	아닐 불	능할 능	자 척

天	傾	西	北	邊	地	卑	東	南	界
하늘 천	기울 경	서녘 서	북녘 북	가 변	땅 지	낮을 비	동녘 동	남녘 남	지경 계

추구 따라쓰기

春來梨花白
춘 래 이 화 백

夏至樹葉靑
하 지 수 엽 청

秋凉黃菊發
추 량 황 국 발

冬寒白雪來
동 한 백 설 래

봄이 오니 배꽃은 하얗게 피고
여름이 오니 나뭇잎이 푸르네.
가을이 서늘하니 황국이 만발하고
겨울이 차가우니 흰 눈이 내리네.

春	來	梨	花	白	夏	至	樹	葉	靑
봄 춘	올 래	배나무 이	꽃 화	흰 백	여름 하	이를 지	나무 수	잎 엽	푸를 청

秋	凉	黃	菊	發	冬	寒	白	雪	來
가을 추	서늘할 량	누를 황	국화 국	필 발	겨울 동	찰 한	흰 백	눈 설	올 래

추구 따라쓰기

16

日月千年鏡
일 월 천 년 경

江山萬古屏
강 산 만 고 병

東西日月門
동 서 일 월 문

南北鴻雁路
남 북 홍 안 로

해와 달은 천년의 거울이요
강과 산은 만고의 병풍이로다.
동쪽과 서쪽은 해와 달의 문이요
남쪽과 북쪽은 기러기 떼의 길이로다.

日	月	千	年	鏡	江	山	萬	古	屏
날 일	달 월	일천 천	해 년(연)	거울 경	강 강	메 산	일만 만	옛 고	병풍 병

東	西	日	月	門	南	北	鴻	雁	路
동녘 동	서녘 서	날 일	달 월	문 문	남녘 남	북녘 북	기러기 홍	기러기 안	길 로

추구 따라쓰기

17

春水滿四澤
춘 수 만 사 택

夏雲多奇峯
하 운 다 기 봉

秋月揚明輝
추 월 양 명 휘

冬嶺秀孤松
동 령 수 고 송

봄물은 사방의 연못에 가득하고
여름 구름은 기이한 봉우리에 많네.
가을 달은 밝은 빛을 휘날리고
겨울 산엔 외로운 소나무가 빼어나네.

春	水	滿	四	澤	夏	雲	多	奇	峯
봄 춘	물 수	찰 만	넉 사	못 택	여름 하	구름 운	많을 다	기특할 기	봉우리 봉

秋	月	揚	明	輝	冬	嶺	秀	孤	松
가을 추	달 월	날릴 양	밝을 명	빛날 휘	겨울 동	고개 령(영)	빼어날 수	외로울 고	소나무 송

추구 따라쓰기

日月籠中鳥
일 월 롱 중 조

乾坤水上萍
건 곤 수 상 평

白雲山上蓋
백 운 산 상 개

明月水中珠
명 월 수 중 주

해와 달은 새장 속의 새요
하늘과 땅은 물위의 부평초라네.
흰 구름은 산 위의 양산이요
밝은 달은 물속의 구슬이라네.

日	月	籠	中	鳥	乾	坤	水	上	萍
날 일	달 월	새장 롱	가운데 중	새 조	하늘 건	땅 곤	물 수	윗 상	부평초 평

白	雲	山	上	蓋	明	月	水	中	珠
흰 백	구름 운	메 산	윗 상	덮을 개	밝을 명	달 월	물 수	가운데 중	구슬 주

추구 따라쓰기

月爲宇宙燭
월 위 우 주 촉

風作山河鼓
풍 작 산 하 고

月爲無柄扇
월 위 무 병 선

星作絶纓珠
성 작 절 영 주

달은 우주의 촛불이 되고
바람은 산과 강의 북이 되네.
달은 자루 없는 부채가 되고
별은 끈 끊어져 흩어진 구슬이 되네.

月	爲	宇	宙	燭	風	作	山	河	鼓
달 월	될 위	집 우	집 주	촛불 촉	바람 풍	지을 작	메 산	강 하	북 고

月	爲	無	柄	扇	星	作	絶	纓	珠
달 월	될 위	없을 무	자루 병	부채 선	별 성	지을 작	끊을 절	갓끈 영	구슬 주

추구 따라쓰기

雲作千層峰
운 작 천 층 봉

虹爲百尺橋
홍 위 백 척 교

秋葉霜前落
추 엽 상 전 락

春花雨後紅
춘 화 우 후 홍

구름은 천층의 봉우리가 되고
무지개는 백척의 다리가 되네.
가을 잎은 서리 전에 떨어지고
봄꽃은 비 내린 뒤에 붉어진다네.

雲	作	千	層	峰	虹	爲	百	尺	橋
구름 운	지을 작	하늘 천	층 층	봉우리 봉	무지개 홍	할 위	일백 백	자 척	다리 교

秋	葉	霜	前	落	春	花	雨	後	紅
가을 추	잎 엽	서리 상	앞 전	떨어질 락(낙)	봄 춘	꽃 화	비 우	뒤 후	붉을 홍

추구 따라쓰기

春作四時首
춘 작 사 시 수
人爲萬物靈
인 위 만 물 령
水火木金土
수 화 목 금 토
仁義禮智信
인 의 예 지 신

봄은 사계절의 처음이 되고
사람은 만물의 영장이 되네.
수화목금토는 오행(五行)이고
인의예지신은 오상(五常)이라네.

春	作	四	時	首	人	爲	萬	物	靈
봄 춘	지을 작	넉 사	때 시	머리 수	사람 인	할 위	일만 만	물건 물	신령 령

水	火	木	金	土	仁	義	禮	智	信
물 수	불 화	나무 목	쇠 금	흙 토	어질 인	옳을 의	예도 예(례)	지혜 지	믿을 신

추구 따라쓰기

天地人三才
천 지 인 삼 재

君師父一體
군 사 부 일 체

天地爲父母
천 지 위 부 모

日月似兄弟
일 월 사 형 제

하늘 땅 사람은 삼재요
임금과 스승과 부모는 한 몸과 같네.
하늘과 땅은 부모가 되고
해와 달은 마치 형제와 같다네.

天	地	人	三	才	君	師	父	一	體
하늘 천	땅 지	사람 인	석 삼	재주 재	임금 군	스승 사	아버지 부	한 일	몸 체

天	地	爲	父	母	日	月	似	兄	弟
하늘 천	땅 지	할 위	아버지 부	어머니 모	날 일	달 월	닮을 사	형 형	아우 제

추구 따라쓰기

夫婦二姓合
부 부 이 성 합

兄弟一氣連
형 제 일 기 연

父慈子當孝
부 자 자 당 효

兄友弟亦恭
형 우 제 역 공

부부는 두 성이 합한 것이요
형제는 하나의 기운으로 이어졌다네.
부모는 사랑하고 자식은 마땅히 효도해야 하며
형은 우애하고 아우 또한 공손해야 한다네.

夫	婦	二	姓	合	兄	弟	一	氣	連
남편 부	아내 부	두 이	성씨 성	합할 합	형 형	아우 제	한 일	기운 기	잇닿을 연

父	慈	子	當	孝	兄	友	弟	亦	恭
아버지 부	사랑 자	아들 자	마땅 당	효도 효	형 형	벗 우	아우 제	또 역	공손할 공

추구 따라쓰기

24

父母千年壽
부 모 천 년 수

子孫萬世榮
자 손 만 세 영

愛君希道泰
애 군 희 도 태

憂國願年豊
우 국 원 년 풍

부모는 천년의 장수를 누리시기 기원하고
자손은 만대의 영화를 누리기 바라네.
임금을 사랑하여 도가 태평할 것을 바라고
나라를 걱정하여 해마다 풍년 들길 원하네.

父	母	千	年	壽	子	孫	萬	世	榮
아버지 부	어머니 모	일천 천	해 년	목숨 수	아들 자	손자 손	일만 만	인간 세	영화 영

愛	君	希	道	泰	憂	國	願	年	豊
사랑 애	임금 군	바랄 희	길 도	클 태	근심 우	나라 국	원할 원	해 년	풍년 풍

추구 따라쓰기

妻賢夫禍少
처 현 부 화 소

子孝父心寬
자 효 부 심 관

子孝雙親樂
자 효 쌍 친 락

家和萬事成
가 화 만 사 성

아내가 어질면 남편의 화가 적고
자식이 효도하면 부모의 마음이 너그럽네.
자식이 효도하면 어버이가 즐겁고
집안이 화목하면 모든 일이 이루어진다네.

妻	賢	夫	禍	少	子	孝	父	心	寬
아내 처	어질 현	지아비 부	재앙 화	적을 소	아들 자	효도 효	아버지 부	마음 심	너그러울 관

子	孝	雙	親	樂	家	和	萬	事	成
아들 자	효도 효	두 쌍	친할 친	즐길 락	집 가	화할 화	일만 만	일 사	이룰 성

추구 따라쓰기

思家清宵立
사 가 청 소 립
憶弟白日眠
억 제 백 일 면
家貧思賢妻
가 빈 사 현 처
國亂思良相
국 난 사 량 상

집이 그리워 맑은 밤에 서성이다가
아우 생각에 대낮에도 졸고 있네.
집안이 가난하면 어진 아내를 생각하고
나라가 어지러우면 어진 재상을 생각하네.

思	家	清	宵	立	憶	弟	白	日	眠
생각 사	집 가	맑을 청	밤 소	설 립	생각할 억	아우 제	흰 백	날 일	잘 면

家	貧	思	賢	妻	國	亂	思	良	相
집 가	가난할 빈	생각 사	어질 현	아내 처	나라 국	어려울 난	생각 사	어질 량	서로 상

추구 따라쓰기

綠竹君子節
녹 죽 군 자 절
青松丈夫心
청 송 장 부 심
人心朝夕變
인 심 조 석 변
山色古今同
산 색 고 금 동

푸른 대나무는 군자의 절개요
푸른 소나무는 장부의 마음이라네.
사람의 마음은 아침저녁으로 변하지만
산색은 예나 지금이나 마찬가지라네.

綠	竹	君	子	節	青	松	丈	夫	心
푸를 녹(록)	대 죽	임금 군	아들 자	마디 절	푸를 청	소나무 송	어른 장	지아비 부	마음 심

人	心	朝	夕	變	山	色	古	今	同
사람 인	마음 심	아침 조	저녁 석	변할 변	메 산	빛 색	옛 고	이제 금	한가지 동

추구 따라쓰기

江山萬古主
강 산 만 고 주
人物百年賓
인 물 백 년 빈
世事琴三尺
세 사 금 삼 척
生涯酒一盃
생 애 주 일 배

강산은 만고의 주인이지만
사람은 백년의 손님이라네.
세상일은 석 자 거문고에 실어 보내고
생애는 한 잔 술로 달래네.

江	山	萬	古	主	人	物	百	年	賓
강 강	메 산	일만 만	옛 고	주인 주	사람 인	물건 물	일백 백	해 년	손 빈

世	事	琴	三	尺	生	涯	酒	一	盃
인간 세	일 사	거문고 금	석 삼	자 척	날 생	물가 애	술 주	한 일	잔 배

추구 따라쓰기

山靜似太古
산 정 사 태 고
日長如少年
일 장 여 소 년
靜裏乾坤大
정 리 건 곤 대
閒中日月長
한 중 일 월 장

산이 고요하니 태고와 같고
해는 길어서 소년과 같네.
고요함 속에 하늘과 땅의 큼을 알고
한가로운 가운데 세월의 긺을 느끼네.

山	靜	似	太	古	日	長	如	少	年
메 산	고요할 정	닮을 사	클 태	옛 고	날 일	길 장	같을 여	적을 소	해 년

靜	裏	乾	坤	大	閒	中	日	月	長
고요할 정	속 리	하늘 건	땅 곤	클 대	한가할 한	가운데 중	날 일	달 월	길 장

추구 따라쓰기

耕田埋春色
경 전 매 춘 색

汲水斗月光
급 수 두 월 광

西亭江上月
서 정 강 상 월

東閣雪中梅
동 각 설 중 매

밭을 가니 봄빛이 묻히고
물을 길으니 달빛을 함께 떠오네.
서쪽 정자에는 강 위로 달이 뜨고
동쪽 누각에는 눈 속에 매화가 피었구나.

耕	田	埋	春	色	汲	水	斗	月	光
밭갈 경	밭 전	묻을 매	봄 춘	빛 색	길을 급	물 수	말 두	달 월	빛 광

西	亭	江	上	月	東	閣	雪	中	梅
서녘 서	정자 정	강 강	윗 상	달 월	동녘 동	집 각	눈 설	가운데 중	매화 매

추구 따라쓰기

31

飲酒人顔赤
음 주 인 안 적
食草馬口靑
식 초 마 구 청
白酒紅人面
백 주 홍 인 면
黃金黑吏心
황 금 흑 리 심

술을 마시니 사람 얼굴이 붉어지고
풀을 뜯으니 말의 입이 푸르네.
탁주는 사람의 얼굴을 붉게 만들고
황금은 벼슬아치의 마음을 검게 만드네.

飲	酒	人	顔	赤	食	草	馬	口	靑
마실 음	술 주	사람 인	낯 안	붉을 적	먹을 식	풀 초	말 마	입 구	푸를 청

白	酒	紅	人	面	黃	金	黑	吏	心
흰 백	술 주	붉을 홍	사람 인	낯 면	누를 황	쇠 금	검을 흑	벼슬아치 리	마음 심

추구 따라쓰기

老人扶杖去
노 인 부 장 거
小兒騎竹來
소 아 기 죽 래
男奴負薪去
남 노 부 신 거
女婢汲水來
여 비 급 수 래

노인은 지팡이를 짚으며 가고
어린아이는 죽마를 타고 오네.
사내종은 나무 섶을 지고 가고
여자종은 물을 길어 오네.

老	人	扶	杖	去	小	兒	騎	竹	來
늙을 노(로)	사람 인	도울 부	지팡이 장	갈 거	작을 소	아이 아	말 탈 기	대 죽	올 래

男	奴	負	薪	去	女	婢	汲	水	來
사내 남	종 노	질 부	섶 신	갈 거	여자 여(녀)	여자종 비	길을 급	물 수	올 래

추구 따라쓰기

33

洗硯魚吞墨
세 연 어 탄 묵
煮茶鶴避煙
자 다 학 피 연
松作迎客蓋
송 작 영 객 개
月爲讀書燈
월 위 독 서 등

벼루를 씻으니 물고기가 먹물을 삼키고
차를 끓이니 학이 연기를 피해 날아가는 듯하네.
소나무는 손님을 맞는 일산이 되고
달은 글을 읽는 등불이 되네.

洗	硯	魚	吞	墨	煮	茶	鶴	避	煙
씻을 세	벼루 연	물고기 어	삼킬 탄	먹 묵	끓일 자	차 다	학 학	피할 피	연기 연

松	作	迎	客	蓋	月	爲	讀	書	燈
소나무 송	지을 작	맞을 영	손 객	덮을 개	달 월	할 위	읽을 독	글 서	등 등

추구 따라쓰기

34

花落憐不掃
화 락 련 불 소

月明愛無眠
월 명 애 무 면

月作雲間鏡
월 작 운 간 경

風爲竹裡琴
풍 위 죽 리 금

꽃이 떨어져도 사랑스러워 쓸어내지 못하고
달이 밝으니 사랑스러워 잠 못 이루네.
달은 구름 사이의 거울이 되고
바람은 대나무 속의 거문고가 되네.

花	落	憐	不	掃	月	明	愛	無	眠
꽃 화	떨어질 락(낙)	불쌍히 여길 련	아닐 불	쓸 소	달 월	밝을 명	사랑 애	없을 무	잘 면

月	作	雲	間	鏡	風	爲	竹	裡	琴
달 월	지을 작	구름 운	사이 간	거울 경	바람 풍	할 위	대 죽	속 리	거문고 금

추구 따라쓰기

35

掬水月在手
국 수 월 재 수

弄花香滿衣
농 화 향 만 의

五夜燈前晝
오 야 등 전 주

六月*亭下秋
유 월 정 하 추

물을 움켜쥐니 달이 손 안에 있고
꽃을 가지고 노니 향기가 옷에 가득하네.
깊은 밤도 등불 앞은 대낮이고
유월에도 정자 밑은 가을이네.

掬	水	月	在	手	弄	花	香	滿	衣
움킬 국	물 수	달 월	있을 재	손 수	희롱할 농(롱)	꽃 화	향기 향	찰 만	옷 의

五	夜	燈	前	晝	六	月	亭	下	秋
다섯 오	밤 야	등 등	앞 전	낮 주	여섯 육	달 월	정자 정	아래 하	가을 추

추구 따라쓰기

*인접한 두 소리를 연이어 발음하기 어려울 때 어떤 소리를 더하거나 빼기도 하고, 때로는 다른 소리로 바꿔서 말하기 쉽게 하는 것을 '활음조' 현상이라고 한다.
활음조 현상의 예로는 유월(육월), 시월(십월), 오뉴월(오륙월, 오유월), 초파일(초팔일) 소나무(솔나무) 바느질(바늘질) 등이 있다.)

歲去人頭白
세 거 인 두 백

秋來樹葉黃
추 래 수 엽 황

雨後山如沐
우 후 산 여 목

風前草似醉
풍 전 초 사 취

세월이 가니 사람의 머리는 희어지고
가을이 오니 나뭇잎은 누렇게 되네.
비 온 뒤의 산은 목욕을 한 것 같고
바람 앞의 풀은 술 취한 것 같네.

歲	去	人	頭	白	秋	來	樹	葉	黃
해 세	갈 거	사람 인	머리 두	흰 백	가을 추	올 래	나무 수	잎 엽	누를 황

雨	後	山	如	沐	風	前	草	似	醉
비 우	뒤 후	메 산	같을 여	머리 감을 목	바람 풍	앞 전	풀 초	닮을 사	취할 취

추구 따라쓰기

37

人分千里外
인 분 천 리 외
興在一杯中
흥 재 일 배 중
春意無分別
춘 의 무 분 별
人情有淺深
인 정 유 천 심

사람은 천리 밖에 떨어져 있고
흥은 한 잔 술 속에 있네.
봄뜻은 분별이 없지만
인정은 깊고 얕음이 있네.

人	分	千	里	外	興	在	一	杯	中
사람 인	나눌 분	일천 천	마을 리	바깥 외	일 흥	있을 재	한 일	잔 배	가운데 중

春	意	無	分	別	人	情	有	淺	深
봄 춘	뜻 의	없을 무	나눌 분	나눌 별	사람 인	뜻 정	있을 유	얕을 천	깊을 심

추구 따라쓰기

花落以前春
화 락 이 전 춘

山深然後寺
산 심 연 후 사

山外山不盡
산 외 산 부 진

路中路無窮
노 중 로 무 궁

꽃이 떨어지기 이전이 봄이요
산이 깊어진 뒤에야 절이 있도다.
산 밖에 산이 있어 다함이 없고
길 가운데 길이 있어 끝이 없도다.

花	落	以	前	春	山	深	然	後	寺
꽃 화	떨어질 락	써 이	앞 전	봄 춘	메 산	깊을 심	그럴 연	뒤 후	절 사

山	外	山	不	盡	路	中	路	無	窮
메 산	바깥 외	메 산	아닐 부	다할 진	길 노(로)	가운데 중	길 로(노)	없을 무	다할 궁

추구 따라쓰기

日暮蒼山遠
일 모 창 산 원
天寒白屋貧
천 한 백 옥 빈
小園鶯歌歇
소 원 앵 가 헐
長門蝶舞多
장 문 접 무 다

해가 저무니 푸른 산이 멀어 보이고
날씨가 차가우니 초가집이 쓸쓸하구나.
작은 동산엔 꾀꼬리 노래 그쳤는데
긴(커다란) 문엔 나비들의 춤만 많구나.

日	暮	蒼	山	遠	天	寒	白	屋	貧
날 일	저물 모	푸를 창	메 산	멀 원	하늘 천	찰 한	흰 백	집 옥	가난할 빈

小	園	鶯	歌	歇	長	門	蝶	舞	多
작을 소	동산 원	꾀꼬리 앵	노래 가	쉴 헐	길 장	문 문	나비 접	춤출 무	많을 다

추구 따라쓰기

風窓燈易滅
풍 창 등 이 멸

月屋夢難成
월 옥 몽 난 성

日暮鷄登塒
일 모 계 등 시

天寒鳥入檐
천 한 조 입 첨

바람 부는 창의 등불은 꺼지기 쉽고
달빛 드는 집의 꿈은 이루기가 어렵네.
해가 저무니 닭은 홰 위로 오르고
날씨가 차가우니 새가 처마로 드네.

風	窓	燈	易	滅	月	屋	夢	難	成
바람 풍	창 창	등 등	쉬울 이	꺼질 멸	달 월	집 옥	꿈 몽	어려울 난	이룰 성

日	暮	鷄	登	塒	天	寒	鳥	入	檐
날 일	저물 모	닭 계	오를 등	홰 시	하늘 천	찰 한	새 조	들 입	이를 첨

추구 따라쓰기

41

野廣天低樹
야 광 천 저 수

江清月近人
강 청 월 근 인

風驅群飛雁
풍 구 군 비 안

月送獨去舟
월 송 독 거 주

들이 넓으니 하늘이 나무 위로 낮게 드리우고
강물이 맑으니 달이 사람을 가까이 하네.
바람은 때 지어 나는 기러기를 몰고
달은 홀로 가는 배를 전송하네.

野	廣	天	低	樹	江	清	月	近	人
들 야	넓을 광	하늘 천	낮을 저	나무 수	강 강	맑을 청	달 월	가까울 근	사람 인

風	驅	群	飛	雁	月	送	獨	去	舟
바람 풍	몰 구	무리 군	날 비	기러기 안	달 월	보낼 송	홀로 독	갈 거	배 주

추구 따라쓰기

42

細雨池中看
세 우 지 중 간

微風木末知
미 풍 목 말 지

花笑聲未聽
화 소 성 미 청

鳥啼淚難看
조 제 루 난 간

가랑비는 연못 가운데서 볼 수가 있고
산들바람은 나뭇가지 끝에서 알 수 있네.
꽃은 웃어도 소리는 들리지 않고
새는 울어도 눈물은 보기 어렵네.

細	雨	池	中	看	微	風	木	末	知
가늘 세	비 우	못 지	가운데 중	볼 간	작을 미	바람 풍	나무 목	끝 말	알 지

花	笑	聲	未	聽	鳥	啼	淚	難	看
꽃 화	웃음 소	소리 성	아닐 미	들을 청	새 조	울 제	눈물 루	어려울 난	볼 간

추구 따라쓰기

白鷺千點雪
백 로 천 점 설

黃鶯一片金
황 앵 일 편 금

桃李千機錦
도 리 천 기 금

江山一畫屛
강 산 일 화 병

백로는 천 점의 눈이요
누런 꾀꼬리는 한 조각의 금이로구나.
복숭아꽃 오얏꽃은 천개 베틀의 비단이요
강산은 한 폭의 그림 병풍이로다.

白	鷺	千	點	雪	黃	鶯	一	片	金
흰 백	백로 로	일천 천	점 점	눈 설	누를 황	꾀꼬리 앵	한 일	조각 편	쇠 금

桃	李	千	機	錦	江	山	一	畫	屛
복숭아 도	오얏 리	일천 천	틀 기	비단 금	강 강	메 산	한 일	그림 화	병풍 병

추구 따라쓰기

鳥宿池邊樹
조 숙 지 변 수

僧敲月下門
승 고 월 하 문

棹穿波底月
도 천 파 저 월

船壓水中天
선 압 수 중 천

새는 연못가 나무에서 잠자고
스님은 달빛 아래 문을 두드리네.
노는 파도 아래 달을 뚫고
배는 물속의 하늘을 누르네.

鳥	宿	池	邊	樹	僧	敲	月	下	門
새 조	잘 숙	못 지	가 변	나무 수	중 승	두드릴 고	달 월	아래 하	문 문

棹	穿	波	底	月	船	壓	水	中	天
노 도	뚫을 천	물결 파	밑 저	달 월	배 선	누를 압	물 수	가운데 중	하늘 천

추구 따라쓰기

高山白雲起
고 산 백 운 기
平原芳草綠
평 원 방 초 록
水連天共碧
수 련 천 공 벽
風與月雙淸
풍 여 월 쌍 청

높은 산에는 흰 구름 일고
평평한 들에는 고운 풀이 푸르구나.
물은 하늘과 이어져 함께 푸르고
바람은 달과 더불어 둘 다 맑구나.

高	山	白	雲	起	平	原	芳	草	綠
높을 고	메 산	흰 백	구름 운	일어날 기	평평할 평	언덕 원	꽃다울 방	풀 초	푸를 록

水	連	天	共	碧	風	與	月	雙	淸
물 수	잇닿을 련	하늘 천	한가지 공	푸를 벽	바람 풍	더불 여	달 월	쌍 쌍	맑을 청

추구 따라쓰기

山影推不出
산 영 퇴 불 출

月光掃還生
월 광 소 환 생

水鳥浮還沒
수 조 부 환 몰

山雲斷復連
산 운 단 부 련

산 그림자는 밀어내도 나가지 않고
달빛은 쓸어도 다시 생기네.
물새는 떴다가 다시 잠기고
산 구름은 끊겼다 다시 이어지네.

山	影	推	不	出	月	光	掃	還	生
메 산	그림자 영	밀 퇴	아닐 불	날 출	달 월	빛 광	쓸 소	돌아올 환	날 생

水	鳥	浮	還	沒	山	雲	斷	復	連
물 수	새 조	뜰 부	돌아올 환	빠질 몰	메 산	구름 운	끊을 단	다시 부	잇닿을 련

추구 따라쓰기

月移山影改
월 이 산 영 개

日下樓痕消
일 하 루 흔 소

天長去無執
천 장 거 무 집

花老蝶不來
화 로 접 불 래

달이 옮겨가니 산 그림자 바뀌고
해가 저무니 누대의 흔적 사라지네.
하늘은 높아서 가도 잡을 수 없고
꽃이 시드니 나비도 오지 않네.

月	移	山	影	改	日	下	樓	痕	消
달 월	옮길 이	메 산	그림자 영	고칠 개	날 일	아래 하	다락 루	흔적 흔	사라질 소

天	長	去	無	執	花	老	蝶	不	來
하늘 천	길 장	갈 거	없을 무	잡을 집	꽃 화	늙을 로	나비 접	아닐 불	올 래

추구 따라쓰기

初月將軍弓
초 월 장 군 궁
流星壯士矢
유 성 장 사 시
掃地黃金出
소 지 황 금 출
開門萬福來
개 문 만 복 래

초승달은 장군의 활이요
유성은 장사의 화살이로다.
땅을 쓰니 황금이 나오고
문을 여니 만복이 오도다.

初	月	將	軍	弓	流	星	壯	士	矢
처음 초	달 월	장수 장	군사 군	활 궁	흐를 유(류)	별 성	장할 장	선비 사	화살 시

掃	地	黃	金	出	開	門	萬	福	來
쓸 소	땅 지	누를 황	쇠 금	날 출	열 개	문 문	일만 만	복 복	올 래

추구 따라쓰기

49

鳥逐花間蝶
조 축 화 간 접

鷄爭草中蟲
계 쟁 초 중 충

鳥喧蛇登樹
조 훤 사 등 수

犬吠客到門
견 폐 객 도 문

새는 꽃 사이의 나비를 쫓고
닭은 풀 속의 벌레를 다투네.
새가 지저귀니 뱀이 나무에 오르고
개가 짖어대니 길손이 문에 이르렀나 보다.

鳥	逐	花	間	蝶	鷄	爭	草	中	蟲
새 조	쫓을 축	꽃 화	사이 간	나비 접	닭 계	다툴 쟁	풀 초	가운데 중	벌레 충

鳥	喧	蛇	登	樹	犬	吠	客	到	門
새 조	지껄일 훤	긴뱀 사	오를 등	나무 수	개 견	짖을 폐	손 객	이를 도	문 문

추구 따라쓰기

50

高峯撐天立
고 봉 탱 천 립

長江割地去
장 강 할 지 거

碧海黃龍宅
벽 해 황 룡 택

靑松白鶴樓
청 송 백 학 루

높은 봉우리는 하늘을 버티고 서 있고
긴 강은 땅을 가르며 흘러가네.
푸른 바다는 황룡의 집이요
푸른 소나무는 흰 학의 누대로다.

高	峯	撐	天	立	長	江	割	地	去
높을 고	봉우리 봉	버틸 탱	하늘 천	설 립	길 장	강 강	벨 할	땅 지	갈 거

碧	海	黃	龍	宅	靑	松	白	鶴	樓
푸를 벽	바다 해	누를 황	용 용(룡)	집 택	푸를 청	소나무 송	흰 백	학 학	다락 루

추구 따라쓰기

月到梧桐上
월 도 오 동 상

風來楊柳邊
풍 래 양 류 변

群星陣碧天
군 성 진 벽 천

落葉戰秋山
낙 엽 전 추 산

달은 오동나무 위에 이르고
바람은 버드나무 가로 불어오네.
뭇 별들은 푸른 하늘에 진을 치고
지는 잎은 가을 산에서 싸움을 하네.

月	到	梧	桐	上	風	來	楊	柳	邊
달 월	이를 도	오동나무 오	오동나무 동	윗 상	바람 풍	올 래	버들 양	버들 류	가 변

群	星	陣	碧	天	落	葉	戰	秋	山
무리 군	별 성	진칠 진	푸를 벽	하늘 천	떨어질 낙(락)	잎 엽	싸움 전	가을 추	메 산

추구 따라쓰기

潛魚躍清波
잠 어 약 청 파

好鳥鳴高枝
호 조 명 고 지

雨後澗生瑟
우 후 간 생 슬

風前松奏琴
풍 전 송 주 금

잠긴 물고기는 맑은 물결에서 뛰놀고
예쁜 새는 높은 가지에서 울고 있네.
비 온 뒤 시냇물은 비파소리를 내고
바람 앞의 소나무는 거문고를 연주하네.

潛	魚	躍	清	波	好	鳥	鳴	高	枝
잠길 잠	물고기 어	뛸 약	맑을 청	물결 파	좋을 호	새 조	울 명	높을 고	가지 지

雨	後	澗	生	瑟	風	前	松	奏	琴
비 우	뒤 후	시내 간	날 생	비파 슬	바람 풍	앞 전	소나무 송	아뢸 주	거문고 금

추구 따라쓰기

馬行千里路
마 행 천 리 로
牛耕百畝田
우 경 백 무 전
馬行駒隨後
마 행 구 수 후
牛耕犢臥原
우 경 독 와 원

말은 천 리의 길을 가고
소는 백 이랑의 밭을 가네.
말이 길을 가니 망아지가 뒤따르고
소가 밭을 가니 송아지는 들판에 누웠네.

馬	行	千	里	路	牛	耕	百	畝	田
말 마	다닐 행	일천 천	마을 리	길 로	소 우	밭갈 경	일백 백	이랑 무	밭 전

馬	行	駒	隨	後	牛	耕	犢	臥	原
말 마	다닐 행	망아지 구	따를 수	뒤 후	소 우	밭갈 경	송아지 독	누울 와	언덕 원

추구 따라쓰기

54

狗走梅花落
구 주 매 화 락

鷄行竹葉成
계 행 죽 엽 성

竹筍黃犢角
죽 순 황 독 각

蕨芽小兒拳
궐 아 소 아 권

개가 달려가니 매화꽃이 떨어지고
닭이 걸어가니 대나무 잎이 만들어지네.
죽순은 누런 송아지 뿔이요
고사리순은 어린아이 주먹이로다.

狗	走	梅	花	落	鷄	行	竹	葉	成
개 구	달릴 주	매화 매	꽃 화	떨어질 락	닭 계	다닐 행	대 죽	잎 엽	이룰 성

竹	筍	黃	犢	角	蕨	芽	小	兒	拳
대 죽	죽순 순	누를 황	송아지 독	뿔 각	고사리 궐	싹 아	작을 소	아이 아	주먹 권

추구 따라쓰기

天清一雁遠
천 청 일 안 원
海闊孤帆遲
해 활 고 범 지
花發文章樹
화 발 문 장 수
月出壯元峰
월 출 장 원 봉

하늘이 맑은데 한 마리 기러기가 멀리 날아가고
바다가 너른데 외로운 돛단배가 더디 가네.
꽃은 문장 나무에서 피어나고
달은 장원봉에서 나오는구나.

天	淸	一	雁	遠	海	闊	孤	帆	遲
하늘 천	맑을 청	한 일	기러기 안	멀 원	바다 해	넓을 활	외로울 고	돛 범	더딜 지

花	發	文	章	樹	月	出	壯	元	峰
꽃 화	필 발	글월 문	글 장	나무 수	달 월	날 출	장할 장	으뜸 원	봉우리 봉

추구 따라쓰기

柳色黃金嫩
유 색 황 금 눈

梨花白雪香
이 화 백 설 향

綠水鷗前鏡
녹 수 구 전 경

靑松鶴後屛
청 송 학 후 병

버드나무 빛깔은 황금 같이 곱고
배꽃은 흰 눈처럼 향기로워라.
푸른 물은 갈매기 앞의 거울이요
푸른 솔은 학 뒤의 병풍이라네.

柳	色	黃	金	嫩	梨	花	白	雪	香
버들 유(류)	빛 색	누를 황	쇠 금	고울 눈	배나무 이(리)	꽃 화	흰 백	눈 설	향기 향

綠	水	鷗	前	鏡	靑	松	鶴	後	屛
푸를 녹(록)	물 수	갈매기 구	앞 전	거울 경	푸를 청	소나무 송	학 학	뒤 후	병풍 병

추구 따라쓰기

雨磨菖蒲刀
우 마 창 포 도

風梳楊柳髮
풍 소 양 류 발

鳧耕蒼海去
부 경 창 해 거

鷺割靑山來
노 할 청 산 래

비는 창포의 칼을 갈고
바람은 버드나무 머리카락을 빗질하네.
오리는 푸른 바다를 갈며 떠나가고
백로는 푸른 산을 가르며 오네.

雨	磨	菖	蒲	刀	風	梳	楊	柳	髮
비 우	갈 마	창포 창	부들 포	칼 도	바람 풍	얼레빗 소	버들 양	버들 류	터럭 발

鳧	耕	蒼	海	去	鷺	割	靑	山	來
오리 부	밭갈 경	푸를 창	바다 해	갈 거	백로 노(로)	벨 할	푸를 청	메 산	올 래

추구 따라쓰기

花紅黃蜂鬧
화 홍 황 봉 료

草錄白馬嘶
초 록 백 마 시

山雨夜鳴竹
산 우 야 명 죽

草蟲秋入牀
초 충 추 입 상

꽃이 붉으니 누런 벌들이 시끄럽고
풀이 푸르니 백마가 울고 있네.
산비는 밤에 대나무를 울리고
풀벌레는 가을에 침상으로 들어오네.

花	紅	黃	蜂	鬧	草	錄	白	馬	嘶
꽃 화	붉을 홍	누를 황	벌 봉	시끄러울 료	풀 초	푸를 록	흰 백	말 마	울 시

山	雨	夜	鳴	竹	草	蟲	秋	入	牀
메 산	비 우	밤 야	울 명	대 죽	풀 초	벌레 충	가을 추	들 입	평상 상

추구 따라쓰기

59

遠水連天碧
원 수 연 천 벽

霜楓向日紅
상 풍 향 일 홍

山吐孤輪月
산 토 고 륜 월

江含萬里風
강 함 만 리 풍

먼 곳의 물은 하늘과 이어져 푸르고
서리 맞은 단풍은 해를 향해 붉구나.
산은 외로운 둥근 달을 토해내고
강은 만 리의 바람을 머금고 있네.

遠	水	連	天	碧	霜	楓	向	日	紅
멀 원	물 수	잇닿을 연	하늘 천	푸를 벽	서리 상	단풍 풍	향할 향	날 일	붉을 홍

山	吐	孤	輪	月	江	含	萬	里	風
메 산	토할 토	외로울 고	바퀴 륜	달 월	강 강	머금을 함	일만 만	마을 리	바람 풍

추구 따라쓰기

露凝千片玉
노 응 천 편 옥
菊散一叢金
국 산 일 총 금
白蝶紛紛雪
백 접 분 분 설
黃鶯片片金
황 앵 편 편 금

이슬이 맺히니 천 조각 구슬이요
국화가 흩어지니 한 떨기 황금이로다.
흰나비는 이리저리 흩날리는 눈이요
누런 꾀꼬리는 조각조각 금이로다.

露	凝	千	片	玉	菊	散	一	叢	金
이슬 노(로)	엉길 응	일천 천	조각 편	구슬 옥	국화 국	흩을 산	한 일	떨기 총	쇠 금

白	蝶	紛	紛	雪	黃	鶯	片	片	金
흰 백	나비 접	어지러울 분	어지러울 분	눈 설	누를 황	꾀꼬리 앵	조각 편	조각 편	쇠 금

추구 따라쓰기

洞深花意懶
동 심 화 의 라

山疊水聲幽
산 첩 수 성 유

氷解魚初躍
빙 해 어 초 약

風和雁欲歸
풍 화 안 욕 귀

골짜기가 깊으니 꽃이 피려는 뜻 게으르고
산이 깊으니 물소리도 그윽하여라.
얼음이 녹으니 물고기가 처음 뛰어오르고
바람이 온화하니 기러기 돌아가려 하네.

洞	深	花	意	懶	山	疊	水	聲	幽
골 동	깊을 심	꽃 화	뜻 의	게으를 라	메 산	거듭 첩	물 수	소리 성	그윽할 유

氷	解	魚	初	躍	風	和	雁	欲	歸
얼음 빙	풀 해	물고기 어	처음 초	뛸 약	바람 풍	화할 화	기러기 안	하고자 할 욕	돌아갈 귀

추구 따라쓰기

林風凉不絶
임 풍 량 부 절

山月曉仍明
산 월 효 잉 명

竹筍尖如筆
죽 순 첨 여 필

松葉細似針
송 엽 세 사 침

숲의 바람은 시원함이 끊이지 않고
산에 걸린 달은 새벽에도 여전히 밝네.
죽순은 뾰족하여 붓끝과 같고
솔잎은 가늘어 바늘 같구나.

林	風	凉	不	絶	山	月	曉	仍	明
수풀 임(림)	바람 풍	서늘할 량(양)	아닐 부	끊을 절	메 산	달 월	새벽 효	인할 잉	밝을 명

竹	筍	尖	如	筆	松	葉	細	似	針
대 죽	죽순 순	뾰족할 첨	같을 여	붓 필	소나무 송	잎 엽	가늘 세	닮을 사	바늘 침

추구 따라쓰기

魚戲新荷動
어 희 신 하 동
鳥散餘花落
조 산 여 화 락
琴潤絃猶響
금 윤 현 유 향
爐寒火尚存
노 한 화 상 존

물고기가 희롱하니 새로 난 잎이 살랑대고
새가 흩어지니 남은 꽃이 떨어지네.
거문고는 젖었어도 줄은 여전히 소리를 울리고
화로는 차가워도 불은 여전히 남아 있네.

魚	戲	新	荷	動	鳥	散	餘	花	落
물고기 어	희롱할 희	새 신	멜 하	움직일 동	새 조	흩을 산	남을 여	꽃 화	떨어질 락

琴	潤	絃	猶	響	爐	寒	火	尚	存
거문고 금	젖을 윤	줄 현	오히려 유	울릴 향	화로 노(로)	찰 한	불 화	오히려 상	있을 존

추구 따라쓰기

春北秋南雁
춘 북 추 남 안

朝西暮東虹
조 서 모 동 홍

柳幕鶯爲客
유 막 앵 위 객

花房蝶作郎
화 방 접 작 랑

봄에는 북쪽, 가을에는 남쪽에 있는 것은 기러기요
아침에는 서쪽, 저녁에는 동쪽에 있는 것은 무지개라네.
버들 장막에는 꾀꼬리가 손님이 되고
꽃방에는 나비가 신랑이 되네.

春	北	秋	南	雁	朝	西	暮	東	虹
봄 춘	북녘 북	가을 추	남녘 남	기러기 안	아침 조	서녘 서	저물 모	동녘 동	무지개 홍

柳	幕	鶯	爲	客	花	房	蝶	作	郎
버들 유	장막 막	꾀꼬리 앵	할 위	손 객	꽃 화	방 방	밟을 접	지을 작	사내 랑

추구 따라쓰기

65

日華川上動
일 화 천 상 동

風光草際浮
풍 광 초 제 부

明月松間照
명 월 송 간 조

清泉石上流
청 천 석 상 류

햇빛은 시냇물 위에서 일렁이고
바람 빛은 풀 사이에 떠 있네.
밝은 달은 소나무 사이로 비추고
맑은 샘은 돌 위에 흐르네.

日	華	川	上	動	風	光	草	際	浮
날 일	빛날 화	내 천	윗 상	움직일 동	바람 풍	빛 광	풀 초	즈음 제	뜰 부

明	月	松	間	照	清	泉	石	上	流
밝을 명	달 월	소나무 송	사이 간	비칠 조	맑을 청	샘 천	돌 석	윗 상	흐를 류

추구 따라쓰기

青松夾路生
청 송 협 로 생

白雲宿檐端
백 운 숙 첨 단

荷風送香氣
하 풍 송 향 기

竹露滴清響
죽 로 적 청 향

푸른 소나무는 길을 끼고 자라고
흰 구름은 처마 끝에 머물고 있네.
연꽃 바람은 향기를 보내오고
대나무 이슬은 맑은 소리로 떨어지네.

青	松	夾	路	生	白	雲	宿	檐	端
푸를 청	소나무 송	낄 협	길 로	날 생	흰 백	구름 운	잘 숙	처마 첨	끝 단

荷	風	送	香	氣	竹	露	滴	清	響
멜 하	바람 풍	보낼 송	향기 향	기운 기	대 죽	이슬 로	물방울 적	맑을 청	울릴 향

추구 따라쓰기

谷直風來急
곡 직 풍 래 급

山高月上遲
산 고 월 상 지

蟋蟀鳴洞房
실 솔 명 동 방

梧桐落金井
오 동 락 금 정

골짜기가 곧으니 바람이 급하게 불어오고
산이 높으니 달도 더디게 떠오르네.
귀뚜라미는 골방에서 울고 있고
오동잎은 가을 우물로 떨어지네.

谷	直	風	來	急	山	高	月	上	遲
골 곡	곧을 직	바람 풍	올 래	급할 급	메 산	높을 고	달 월	윗 상	더딜 지

蟋	蟀	鳴	洞	房	梧	桐	落	金	井
귀뚜라미 실	귀뚜라미 솔	울 명	골 동	방 방	오동나무 오	오동나무 동	떨어질 락	쇠 금	우물 정

추구 따라쓰기

山高松下立
산 고 송 하 립
江深沙上流
강 심 사 상 류
花開昨夜雨
화 개 작 야 우
花落今朝風
화 락 금 조 풍

산은 높아도 소나무 아래 서 있고
강은 깊어도 모래 위로 흐르네.
어젯밤 비에 꽃이 피더니
오늘 아침 바람에 꽃이 지네.

山	高	松	下	立	江	深	沙	上	流
메 산	높을 고	소나무 송	아래 하	설 립	강 강	깊을 심	모래 사	윗 상	흐를 류

花	開	昨	夜	雨	花	落	今	朝	風
꽃 화	열 개	어제 작	밤 야	비 우	꽃 화	떨어질 락	이제 금	아침 조	바람 풍

추구 따라쓰기

大旱得甘雨
대 한 득 감 우

他鄉逢故人
타 향 봉 고 인

畫虎難畫骨
화 호 난 화 골

知人未知心
지 인 미 지 심

큰 가뭄에 단비를 얻고
타향에서 옛 친구를 만나네.
호랑이를 그려도 뼈는 그리기 어렵고
사람을 알아도 마음은 알 수 없다네.

大	旱	得	甘	雨	他	鄉	逢	故	人
클 대	가물 한	얻을 득	달 감	비 우	다를 타	시골 향	만날 봉	연고 고	사람 인

畫	虎	難	畫	骨	知	人	未	知	心
그림 화	범 호	어려울 난	그림 화	뼈 골	알 지	사람 인	아닐 미	알 지	마음 심

추구 따라쓰기

水去不復回
수 거 불 부 회
言出難更收
언 출 난 갱 수
學文千載寶
학 문 천 재 보
貪物一朝塵
탐 물 일 조 진

물은 흘러가면 다시 돌아오지 않고
말은 한 번 뱉으면 다시 거두기 어렵다네.
글을 배우면 천년의 보배요
물건을 탐하면 하루아침의 티끌이라네.

水	去	不	復	回	言	出	難	更	收
물 수	갈 거	아닐 불	다시 부	돌아올 회	말씀 언	날 출	어려울 난	다시 갱	거둘 수

學	文	千	載	寶	貪	物	一	朝	塵
배울 학	글월 문	일천 천	실을 재	보배 보	탐낼 탐	물건 물	한 일	아침 조	티끌 진

추구 따라쓰기

文章李太白
문 장 이 태 백

筆法王羲之
필 법 왕 희 지

一日不讀書
일 일 부 독 서

口中生荊棘
구 중 생 형 극

문장은 이태백이요
필법은 왕희지라네.
하루라도 글을 읽지 않으면
입 안에 가시가 돋는다.

文	章	李	太	白	筆	法	王	羲	之
글월 문	글 장	성씨 이	클 태	흰 백	붓 필	법 법	임금 왕	복희씨 희	갈 지

一	日	不	讀	書	口	中	生	荊	棘
한 일	날 일	아닐 부	읽을 독	글 서	입 구	가운데 중	날 생	가시나무 형	가시 극

추구 따라쓰기

花有重開日
화 유 중 개 일
人無更少年
인 무 갱 소 년
白日莫虛送
백 일 막 허 송
青春不再來
청 춘 부 재 래

꽃은 다시 필 날이 있지만
사람은 다시 소년이 될 수 없네.
젊은 날을 헛되이 보내지 말라.
청춘은 다시 오지 아니하니.

花	有	重	開	日	人	無	更	少	年
꽃 화	있을 유	무거울 중	열 개	날 일	사람 인	없을 무	다시 갱	적을 소	해 년

白	日	莫	虛	送	青	春	不	再	來
흰 백	날 일	없을 막	빌 허	보낼 송	푸를 청	봄 춘	아닐 부	두 재	올 래

추구 따라쓰기

73

天高日月明　地厚草木生

하늘이 높으니 해와 달이 밝고 땅이 두터우니 풀과 나무가 자라네.

月出天開眼　山高地擧頭

달이 나오니 하늘은 눈을 뜬 것 같고 산이 높으니 땅은 머리를 든 것 같네.

東西幾萬里　南北不能尺

동서는 몇 만 리인가? 남북은 자로 잴 수 없네.

天傾西北邊　地卑東南界

하늘은 서북쪽으로 기울어져 있고 땅은 동남쪽으로 경계가 낮네.

春來梨花白　夏至樹葉青

봄이 오니 배꽃은 하얗게 피고 여름이 오니 나뭇잎이 푸르네.

秋凉黃菊發　冬寒白雪來

가을이 서늘하니 황국이 만발하고 겨울이 차가우니 흰 눈이 내리네.

日月千年鏡　江山萬古屏

해와 달은 천년의 거울이요 강과 산은 만고의 병풍이로다.

東西日月門　南北鴻雁路

동쪽과 서쪽은 해와 달의 문이요 남쪽과 북쪽은 기러기 떼의 길이로다.

春水滿四澤　夏雲多奇峯

봄물은 사방의 연못에 가득하고 여름 구름은 기이한 봉우리에 많네.

秋月揚明輝　冬嶺秀孤松

가을 달은 밝은 빛을 휘날리고 겨울 산엔 외로운 소나무가 빼어나네.

日月籠中鳥　乾坤水上萍

해와 달은 새장 속의 새요 하늘과 땅은 물위의 부평초라네.

白雲山上蓋　明月水中珠

흰 구름은 산 위의 양산이요 밝은 달은 물속의 구슬이라네.

月爲宇宙燭　風作山河鼓

달은 우주의 촛불이 되고 바람은 산과 강의 북이 되네.

月爲無柄扇　星作絶纓珠

달은 자루 없는 부채가 되고 별은 끈 끊어져 흩어진 구슬이 되네.

雲作千層峰　虹爲百尺橋

구름은 천층의 봉우리가 되고 무지개는 백척의 다리가 되네.

秋葉霜前落　春花雨後紅

가을 잎은 서리 전에 떨어지고 봄꽃은 비 내린 뒤에 붉어진다네.

春作四時首　人爲萬物靈

봄은 사계절의 처음이 되고 사람은 만물의 영장이 되네.

水火木金土　仁義禮智信

수화목금토는 오행(五行)이고 인의예지신은 오상(五常)이라네.

天地人三才　君師父一體

하늘 땅 사람은 삼재요 임금과 스승과 부모는 한 몸과 같네.

天地爲父母　日月似兄弟

하늘과 땅은 부모가 되고 해와 달은 마치 형제와 같다네.

夫婦二姓合　兄弟一氣連

부부는 두 성이 합한 것이요 형제는 하나의 기운으로 이어졌다네.

父慈子當孝　兄友弟亦恭

부모는 사랑하고 자식은 마땅히 효도해야 하며
형은 우애하고 아우 또한 공손해야 한다네.

父母千年壽　子孫萬世榮

부모는 천년의 장수를 누리시기 기원하고 자손은 만대의 영화를 누리기 바라네.

愛君希道泰　憂國願年豊

임금을 사랑하여 도가 태평할 것을 바라고
나라를 걱정하여 해마다 풍년 들길 원하네.

妻賢夫禍少　子孝父心寬

아내가 어질면 남편의 화가 적고 자식이 효도하면 부모의 마음이 너그럽네.

子孝雙親樂　家和萬事成

자식이 효도하면 어버이가 즐겁고 집안이 화목하면 모든 일이 이루어진다네.

思家淸宵立　憶弟白日眠

집이 그리워 맑은 밤에 서성이다가 아우 생각에 대낮에도 졸고 있네.

家貧思賢妻　國亂思良相

집안이 가난하면 어진 아내를 생각하고
나라가 어지러우면 어진 재상을 생각하네.

綠竹君子節　靑松丈夫心

푸른 대나무는 군자의 절개요 푸른 소나무는 장부의 마음이라네.

人心朝夕變　山色古今同

사람의 마음은 아침저녁으로 변하지만 산색은 예나 지금이나 마찬가지라네.

江山萬古主　人物百年賓

강산은 만고의 주인이지만 사람은 백년의 손님이라네.

世事琴三尺　生涯酒一盃

세상일은 석 자 거문고에 실어 보내고 생애는 한 잔 술로 달래네.

山靜似太古　日長如少年

산이 고요하니 태고와 같고 해는 길어서 소년과 같네.

靜裏乾坤大　閒中日月長

고요함 속에 하늘과 땅의 큼을 알고 한가로운 가운데 세월의 깊음을 느끼네.

耕田埋春色　汲水斗月光

밭을 가니 봄빛이 묻히고 물을 길으니 달빛을 함께 떠오네.

西亭江上月　東閣雪中梅

서쪽 정자에는 강 위로 달이 뜨고 동쪽 누각에는 눈 속에 매화가 피었구나.

飮酒人顔赤　食草馬口靑

술을 마시니 사람 얼굴이 붉어지고 풀을 뜯으니 말의 입이 푸르네.

白酒紅人面　黃金黑吏心

탁주는 사람의 얼굴을 붉게 만들고 황금은 벼슬아치의 마음을 검게 만드네.

老人扶杖去　小兒騎竹來

노인은 지팡이를 짚으며 가고 어린아이는 죽마를 타고 오네.

男奴負薪去　女婢汲水來

사내종은 나무 섶을 지고 가고 여자종은 물을 길어 오네.

洗硯魚吞墨　煮茶鶴避煙

벼루를 씻으니 물고기가 먹물을 삼키고
차를 끓이니 학이 연기를 피해 날아가는 듯하네.

松作迎客蓋　月爲讀書燈

소나무는 손님을 맞는 일산이 되고 달은 글을 읽는 등불이 되네.

花落憐不掃　月明愛無眠

꽃이 떨어져도 사랑스러워 쓸어내지 못하고
달이 밝으니 사랑스러워 잠 못 이루네.

月作雲間鏡　風爲竹裡琴

달은 구름 사이의 거울이 되고 바람은 대나무 속의 거문고가 되네.

掬水月在手　弄花香滿衣

물을 움켜쥐니 달이 손 안에 있고 꽃을 가지고 노니 향기가 옷에 가득하네.

五夜燈前晝　六月亭下秋

깊은 밤도 등불 앞은 대낮이고 유월에도 정자 밑은 가을이네.

歲去人頭白　秋來樹葉黃

세월이 가니 사람의 머리는 희어지고 가을이 오니 나뭇잎은 누렇게 되네.

雨後山如沐　風前草似醉

비 온 뒤의 산은 목욕을 한 것 같고 바람 앞의 풀은 술 취한 것 같네.

人分千里外　興在一杯中

사람은 천리 밖에 떨어져 있고 흥은 한 잔 술 속에 있네.

春意無分別　人情有淺深

봄뜻은 분별이 없지만 인정은 깊고 얕음이 있네.

花落以前春　山深然後寺

꽃이 떨어지기 이전이 봄이요 산이 깊어진 뒤에야 절이 있도다.

山外山不盡　路中路無窮

산 밖에 산이 있어 다함이 없고 길 가운데 길이 있어 끝이 없도다.

日暮蒼山遠　天寒白屋貧

해가 저무니 푸른 산이 멀어 보이고 날씨가 차가우니 초가집이 쓸쓸하구나.

小園鶯歌歇　長門蝶舞多

작은 동산엔 꾀꼬리 노래 그쳤는데 긴(커다란) 문엔 나비들의 춤만 많구나.

風窓燈易滅　月屋夢難成

바람 부는 창의 등불은 꺼지기 쉽고 달빛 드는 집의 꿈은 이루기가 어렵네.

日暮鷄登塒　天寒鳥入檐

해가 저무니 닭은 홰 위로 오르고 날씨가 차가우니 새가 처마로 드네.

野廣天低樹　江淸月近人

들이 넓으니 하늘이 나무 위로 낮게 드리우고
강물이 맑으니 달이 사람을 가까이 하네.

風驅群飛雁　月送獨去舟

바람은 떼 지어 나는 기러기를 몰고 달은 홀로 가는 배를 전송하네.

細雨池中看　微風木末知

가랑비는 연못 가운데서 볼 수가 있고 산들바람은 나뭇가지 끝에서 알 수 있네.

花笑聲未聽　鳥啼淚難看

꽃은 웃어도 소리는 들리지 않고 새는 울어도 눈물은 보기 어렵네.

白鷺千點雪　黃鶯一片金

백로는 천 점의 눈이요 누런 꾀꼬리는 한 조각의 금이로구나.

桃李千機錦　江山一畵屛

복숭아꽃 오얏꽃은 천개 베틀의 비단이요 강산은 한 폭의 그림 병풍이로다.

鳥宿池邊樹　僧敲月下門

새는 연못가 나무에서 잠자고 스님은 달빛 아래 문을 두드리네.

棹穿波底月　船壓水中天

노는 파도 아래 달을 뚫고 배는 물속의 하늘을 누르네.

高山白雲起　平原芳草綠

높은 산에는 흰 구름 일고 평평한 들에는 고운 풀이 푸르구나.

水連天共碧　風與月雙清

물은 하늘과 이어져 함께 푸르고 바람은 달과 더불어 둘 다 맑구나.

山影推不出　月光掃還生

산 그림자는 밀어내도 나가지 않고 달빛은 쓸어도 다시 생기네.

水鳥浮還沒　山雲斷復連

물새는 떴다가 다시 잠기고 산 구름은 끊겼다 다시 이어지네.

月移山影改　日下樓痕消

달이 옮겨가니 산 그림자 바뀌고 해가 저무니 누대의 흔적 사라지네.

天長去無執　花老蝶不來

하늘은 높아서 가도 잡을 수 없고 꽃이 시드니 나비도 오지 않네.

初月將軍弓　流星壯士矢

초승달은 장군의 활이요 유성은 장사의 화살이로다.

掃地黃金出　開門萬福來

땅을 쓰니 황금이 나오고 문을 여니 만복이 오도다.

鳥逐花間蝶　鷄爭草中蟲

새는 꽃 사이의 나비를 쫓고 닭은 풀 속의 벌레를 다투네.

鳥喧蛇登樹　犬吠客到門

새가 지저귀니 뱀이 나무에 오르고 개가 짖어대니 길손이 문에 이르렀나 보다.

高峯撑天立　長江割地去

높은 봉우리는 하늘을 버티고 서 있고 긴 강은 땅을 가르며 흘러가네.

碧海黃龍宅　靑松白鶴樓

푸른 바다는 황룡의 집이요 푸른 소나무는 흰 학의 누대로다.

月到梧桐上　風來楊柳邊

달은 오동나무 위에 이르고 바람은 버드나무 가로 불어오네.

群星陣碧天　落葉戰秋山

뭇 별들은 푸른 하늘에 진을 치고 지는 잎은 가을 산에서 싸움을 하네.

潛魚躍淸波　好鳥鳴高枝

잠긴 물고기는 맑은 물결에서 뛰놀고 예쁜 새는 높은 가지에서 울고 있네.

雨後澗生瑟　風前松奏琴

비 온 뒤 시냇물은 비파소리를 내고 바람 앞의 소나무는 거문고를 연주하네.

馬行千里路　牛耕百畝田

말은 천 리의 길을 가고 소는 백 이랑의 밭을 가네.

馬行駒隨後　牛耕犢臥原

말이 길을 가니 망아지가 뒤따르고 소가 밭을 가니 송아지는 들판에 누웠네.

狗走梅花落　鷄行竹葉成

개가 달려가니 매화꽃이 떨어지고 닭이 걸어가니 대나무 잎이 만들어지네.

竹筍黃犢角　蕨芽小兒拳

죽순은 누런 송아지 뿔이요 고사리순은 어린아이 주먹이로다.

天淸一雁遠　海闊孤帆遲

하늘이 맑은데 한 마리 기러기가 멀리 날아가고
바다가 너른데 외로운 돛단배가 더디 가네.

花發文章樹　月出壯元峰

꽃은 문장 나무에서 피어나고 달은 장원봉에서 나오는구나.

柳色黃金嫩　梨花白雪香

버드나무 빛깔은 황금 같이 곱고 배꽃은 흰 눈처럼 향기로워라.

綠水鷗前鏡　靑松鶴後屛

푸른 물은 갈매기 앞의 거울이요 푸른 솔은 학 뒤의 병풍이라네.

雨磨菖蒲刀　風梳楊柳髮

비는 창포의 칼을 갈고 바람은 버드나무 머리카락을 빗질하네.

鳧耕蒼海去　鷺割靑山來

오리는 푸른 바다를 갈며 떠나가고 백로는 푸른 산을 가르며 오네.

花紅黃蜂鬧　草錄白馬嘶

꽃이 붉으니 누런 벌들이 시끄럽고 풀이 푸르니 백마가 울고 있네.

山雨夜鳴竹　草蟲秋入牀

산비는 밤에 대나무를 울리고 풀벌레는 가을에 침상으로 들어오네.

遠水連天碧　霜楓向日紅

먼 곳의 물은 하늘과 이어져 푸르고 서리 맞은 단풍은 해를 향해 붉구나.

山吐孤輪月　江含萬里風

산은 외로운 둥근 달을 토해내고 강은 만 리의 바람을 머금고 있네.

露凝千片玉　菊散一叢金

이슬이 맺히니 천 조각 구슬이요 국화가 흩어지니 한 떨기 황금이로다.

白蝶紛紛雪　黃鶯片片金

흰나비는 이리저리 흩날리는 눈이요 누런 꾀꼬리는 조각조각 금이로다.

洞深花意懶　山疊水聲幽

골짜기가 깊으니 꽃이 피려는 뜻 게으르고 산이 깊으니 물소리도 그윽하여라.

氷解魚初躍　風和雁欲歸

얼음이 녹으니 물고기가 처음 뛰어오르고
바람이 온화하니 기러기 돌아가려 하네.

林風涼不絶　山月曉仍明

숲의 바람은 시원함이 끊이지 않고 산에 걸린 달은 새벽에도 여전히 밝네.

竹筍尖如筆　松葉細似針

죽순은 뾰족하여 붓끝과 같고 솔잎은 가늘어 바늘 같구나.

魚戲新荷動　鳥散餘花落

물고기가 희롱하니 새로 난 잎이 살랑대고 새가 흩어지니 남은 꽃이 떨어지네.

琴潤絃猶響　爐寒火尙存

거문고는 젖었어도 줄은 여전히 소리를 울리고
화로는 차가워도 불은 여전히 남아 있네.

春北秋南雁　朝西暮東虹

봄에는 북쪽, 가을에는 남쪽에 있는 것은 기러기요
아침에는 서쪽, 저녁에는 동쪽에 있는 것은 무지개라네.

柳幕鶯爲客　花房蝶作郞

버들 장막에는 꾀꼬리가 손님이 되고 꽃방에는 나비가 신랑이 되네.

日華川上動　風光草際浮

햇빛은 시냇물 위에서 일렁이고 바람 빛은 풀 사이에 떠 있네.

明月松間照　清泉石上流

밝은 달은 소나무 사이로 비추고 맑은 샘은 돌 위에 흐르네.

靑松夾路生　白雲宿檐端

푸른 소나무는 길을 끼고 자라고 흰 구름은 처마 끝에 머물고 있네.

荷風送香氣　竹露滴淸響

연꽃 바람은 향기를 보내오고 대나무 이슬은 맑은 소리로 떨어지네.

谷直風來急　山高月上遲

골짜기가 곧으니 바람이 급하게 불어오고 산이 높으니 달도 더디게 떠오르네.

蟋蟀鳴洞房　梧桐落金井

귀뚜라미는 골방에서 울고 있고 오동잎은 가을 우물로 떨어지네.

山高松下立　江深沙上流

산은 높아도 소나무 아래 서 있고 강은 깊어도 모래 위로 흐르네.

花開昨夜雨　花落今朝風

어젯밤 비에 꽃이 피더니 오늘 아침 바람에 꽃이 지네.

大旱得甘雨　他鄕逢故人

큰 가뭄에 단비를 얻고 타향에서 옛 친구를 만나네.

畵虎難畵骨　知人未知心

호랑이를 그려도 뼈는 그리기 어렵고 사람을 알아도 마음은 알 수 없다네.

水去不復回　言出難更收

물은 흘러가면 다시 돌아오지 않고 말은 한 번 뱉으면 다시 거두기 어렵다네.

學文千載寶　貪物一朝塵

글을 배우면 천년의 보배요 물건을 탐하면 하루아침의 티끌이라네.

文章李太白　筆法王羲之

문장은 이태백이요 필법은 왕희지라네.

一日不讀書　口中生荊棘

하루라도 글을 읽지 않으면 입 안에 가시가 돋는다.

花有重開日　人無更少年

꽃은 다시 필 날이 있지만 사람은 다시 소년이 될 수 없네.

白日莫虛送　靑春不再來

젊은 날을 헛되이 보내지 말라. 청춘은 다시 오지 아니하니.

天高日月明　地厚草木生
천고일월명　지후초목생

月出天開眼　山高地擧頭
월출천개안　산고지거두

東西幾萬里　南北不能尺
동서기만리　남북불능척

天傾西北邊　地卑東南界
천경서북변　지비동남계

春來梨花白　夏至樹葉靑
춘래이화백　하지수엽청

秋凉黃菊發　冬寒白雪來
추량황국발　동한백설래

日月千年鏡　江山萬古屛
일월천년경　강산만고병

東西日月門　南北鴻雁路
동서일월문　남북홍안로

春水滿四澤　夏雲多奇峯
춘수만사택　하운다기봉

秋月揚明輝　冬嶺秀孤松
추월양명휘　동령수고송

日月籠中鳥　乾坤水上萍
일월롱중조　건곤수상평

白雲山上蓋　明月水中珠
백운산상개　명월수중주

月爲宇宙燭　風作山河鼓
월위우주촉　풍작산하고

月爲無柄扇　星作絶纓珠
월위무병선　성작절영주

雲作千層峰　虹爲百尺橋
운작천층봉　홍위백척교

秋葉霜前落　春花雨後紅
추엽상전락　춘화우후홍

人爲萬物靈 인위만물령	春作四時首 춘작사시수
仁義禮智信 인의예지신	水火木金土 수화목금토
君師父一體 군사부일체	天地人三才 천지인삼재
日月似兄弟 일월사형제	天地爲父母 천지위부모
兄弟一氣連 형제일기연	夫婦二姓合 부부이성합
兄友弟亦恭 형우제역공	父慈子當孝 부자자당효
子孫萬世榮 자손만세영	父母千年壽 부모천년수
憂國願年豊 우국원년풍	愛君希道泰 애군희도태
子孝父心寬 자효부심관	妻賢夫禍少 처현부화소
家和萬事成 가화만사성	子孝雙親樂 자효쌍친락
憶弟白日眠 억제백일면	思家淸宵立 사가청소립
國亂思良相 국난사량상	家貧思賢妻 가빈사현처
青松丈夫心 청송장부심	綠竹君子節 녹죽군자절
山色古今同 산색고금동	人心朝夕變 인심조석변
人物百年賓 인물백년빈	江山萬古主 강산만고주
生涯酒一盃 생애주일배	世事琴三尺 세사금삼척

山靜似太古 (산정사태고) 日長如少年 (일장여소년)

靜裏乾坤大 (정리건곤대) 閒中日月長 (한중일월장)

耕田埋春色 (경전매춘색) 汲水斗月光 (급수두월광)

西亭江上月 (서정강상월) 東閣雪中梅 (동각설중매)

飮酒人顏赤 (음주인안적) 食草馬口靑 (식초마구청)

白酒紅人面 (백주홍인면) 黃金黑吏心 (황금흑리심)

老人扶杖去 (노인부장거) 小兒騎竹來 (소아기죽래)

男奴負薪去 (남노부신거) 女婢汲水來 (여비급수래)

洗硯魚呑墨 (세연어탄묵) 煮茶鶴避煙 (자다학피연)

松作迎客蓋 (송작영객개) 月爲讀書燈 (월위독서등)

花落憐不掃 (화락련불소) 月明愛無眠 (월명애무면)

月作雲間鏡 (월작운간경) 風爲竹裡琴 (풍위죽리금)

掬水月在手 (국수월재수) 弄花香滿衣 (농화향만의)

五夜燈前晝 (오야등전주) 六月亭下秋 (유월정하추)

歲去人頭白 (세거인두백) 秋來樹葉黃 (추래수엽황)

雨後山如沐 (우후산여목) 風前草似醉 (풍전초사취)

人分千里外 興在一杯中
인분천리외　흥재일배중

春意無分別 人情有淺深
춘의무분별　인정유천심

花落以前春 山深然後寺
화락이전춘　산심연후사

山外山不盡 路中路無窮
산외산부진　노중로무궁

日暮蒼山遠 天寒白屋貧
일모창산원　천한백옥빈

小園鶯歌歇 長門蝶舞多
소원앵가헐　장문접무다

風窓燈易滅 月屋夢難成
풍창등이멸　월옥몽난성

日暮鷄登塒 天寒鳥入簷
일모계등시　천한조입첨

野廣天低樹 江淸月近人
야광천저수　강청월근인

風驅群飛雁 月送獨去舟
풍구군비안　월송독거주

細雨池中看 微風木末知
세우지중간　미풍목말지

花笑聲未聽 鳥啼淚難看
화소성미청　조제루난간

白鷺千點雪 黃鶯一片金
백로천점설　황앵일편금

桃李千機錦 江山一畫屛
도리천기금　강산일화병

鳥宿池邊樹 僧敲月下門
조숙지변수　승고월하문

棹穿波底月 船壓水中天
도천파저월　선압수중천

高山白雲起　　平原芳草綠
고 산 백 운 기　　평 원 방 초 록

水連天共碧　　風與月雙淸
수 련 천 공 벽　　풍 여 월 쌍 청

山影推不出　　月光掃還生
산 영 퇴 불 출　　월 광 소 환 생

水鳥浮還沒　　山雲斷復連
수 조 부 환 몰　　산 운 단 부 련

月移山影改　　日下樓痕消
월 이 산 영 개　　일 하 루 흔 소

天長去無執　　花老蝶不來
천 장 거 무 집　　화 로 접 불 래

初月將軍弓　　流星壯士矢
초 월 장 군 궁　　유 성 장 사 시

掃地黃金出　　開門萬福來
소 지 황 금 출　　개 문 만 복 래

鳥逐花間蝶　　鷄爭草中蟲
조 축 화 간 접　　계 쟁 초 중 충

鳥喧蛇登樹　　犬吠客到門
조 훤 사 등 수　　견 폐 객 도 문

高峯撐天立　　長江割地去
고 봉 탱 천 립　　장 강 할 지 거

碧海黃龍宅　　靑松白鶴樓
벽 해 황 룡 택　　청 송 백 학 루

月到梧桐上　　風來楊柳邊
월 도 오 동 상　　풍 래 양 류 변

群星陣碧天　　落葉戰秋山
군 성 진 벽 천　　낙 엽 전 추 산

潛魚躍淸波　　好鳥鳴高枝
잠 어 약 청 파　　호 조 명 고 지

雨後澗生瑟　　風前松奏琴
우 후 간 생 슬　　풍 전 송 주 금

馬行千里路　牛耕百畝田
마 행 천 리 로　우 경 백 무 전

馬行駒隨後　牛耕犢臥原
마 행 구 수 후　우 경 독 와 원

狗走梅花落　鷄行竹葉成
구 주 매 화 락　계 행 죽 엽 성

竹筍黃犢角　蕨芽小兒拳
죽 순 황 독 각　궐 아 소 아 권

天淸一雁遠　海闊孤帆遲
천 청 일 안 원　해 활 고 범 지

花發文章樹　月出壯元峰
화 발 문 장 수　월 출 장 원 봉

柳色黃金嫩　梨花白雪香
유 색 황 금 눈　이 화 백 설 향

綠水鷗前鏡　靑松鶴後屛
녹 수 구 전 경　청 송 학 후 병

雨磨菖蒲刀　風梳楊柳髮
우 마 창 포 도　풍 소 양 류 발

鳧耕蒼海去　鷺割靑山來
부 경 창 해 거　노 할 청 산 래

花紅黃蜂鬧　草錄白馬嘶
화 홍 황 봉 료　초 록 백 마 시

山雨夜鳴竹　草蟲秋入牀
산 우 야 명 죽　초 충 추 입 상

遠水連天碧　霜楓向日紅
원 수 연 천 벽　상 풍 향 일 홍

山吐孤輪月　江含萬里風
산 토 고 륜 월　강 함 만 리 풍

露凝千片玉　菊散一叢金
노 응 천 편 옥　국 산 일 총 금

白蝶紛紛雪　黃鶯片片金
백 접 분 분 설　황 앵 편 편 금

洞深花意懶　山疊水聲幽
동 심 화 의 라　산 첩 수 성 유

氷解魚初躍　風和雁欲歸
빙 해 어 초 약　풍 화 안 욕 귀

林風凉不絶　山月曉仍明
임 풍 량 부 절　산 월 효 잉 명

竹筍尖如筆　松葉細似針
죽 순 첨 여 필　송 엽 세 사 침

魚戲新荷動　鳥散餘花落
어 희 신 하 동　조 산 여 화 락

琴潤絃猶響　爐寒火尚存
금 윤 현 유 향　노 한 화 상 존

春北秋南雁　朝西暮東虹
춘 북 추 남 안　조 서 모 동 홍

柳幕鶯爲客　花房蝶作郞
유 막 앵 위 객　화 방 접 작 랑

日華川上動　風光草際浮
일 화 천 상 동　풍 광 초 제 부

明月松間照　淸泉石上流
명 월 송 간 조　청 천 석 상 류

靑松夾路生　白雲宿檐端
청 송 협 로 생　백 운 숙 첨 단

荷風送香氣　竹露滴淸響
하 풍 송 향 기　죽 로 적 청 향

谷直風來急　山高月上遲
곡 직 풍 래 급　산 고 월 상 지

蟋蟀鳴洞房　梧桐落金井
실 솔 명 동 방　오 동 락 금 정

山高松下立　江深沙上流
산 고 송 하 립　강 심 사 상 류

花開昨夜雨　花落今朝風
화 개 작 야 우　화 락 금 조 풍

大旱得甘雨　他鄉逢故人
대한득감우　타향봉고인

畫虎難畫骨　知人未知心
화호난화골　지인미지심

水去不復回　言出難更收
수거불부회　언출난갱수

學文千載寶　貪物一朝塵
학문천재보　탐물일조진

文章李太白　筆法王羲之
문장이태백　필법왕희지

一日不讀書　口中生荊棘
일일부독서　구중생형극

花有重開日　人無更少年
화유중개일　인무갱소년

白日莫虛送　青春不再來
백일막허송　청춘부재래